¡Cabrón!

¡Cabrón!

Ena Columbié

Ediciones Furtivas
Colección Aldaba

Primera edición: Primavera 2023

ISBN: 979-839-51-3915-3

Producción editorial: Karime C. Bourzac
Corrección y diagramación: Oreste Martín Solís Yero
Diseño de cubierta: Ileana Botalín Díaz

A mi madre, que lo dio casi todo.

A Stendhal, Trilce *y* Papillon

A Pepe Pequeño, que merece más.

*... el hombre, siempre inacabado, solo se completa
cuando sale de sí y se inventa.*

OCTAVIO PAZ

*Aún cuando el extraño no tenga ninguna intención hostil,
incluso cuando de él no parta ningún peligro,
será eliminado a causa de su otredad.*

BYUNG-CHUL HAN

La oreja

No hay nada más excitante que ver a dos hombres amándose bajo los puentes de París.

JEAN COCTEAU

Vincent y Paul están ebrios, han bebido Diablo Verde toda la noche en cuanto tugurio de mala muerte entraron. Ese tipo de anís amargo de ajenjo ya se ha convertido en una de sus últimas adicciones y siempre que lo beben terminan muy locos.

Entran al lúgubre Le Fourcy, la *Maison d'abattage*, el "matadero" más famoso de París. Aquí se sienten en casa y debido a su asiduidad reciben tratamiento privilegiado. Los carteles, dibujos y pinturas impresionistas pegados a las paredes manchadas de diferentes colores, con capa sobre capa de pintura, son protagonistas que tratan de evitar el moho del tiempo. Sin embargo, por esos prostíbulos desfilan con mucha frecuencia artistas como Degas, Monet, Toulouse-Lautrec, quienes declaran que mientras más miserables son tales lugares, mayor es la probabilidad de encontrar la inspiración. Allí están sus modelos favoritas, hermosas mujeres impúdicas que se desprenden de la ropa con libertad, y muestran su belleza con orgullo y sin recato. Luego son llevadas a los museos de la mano de los artistas.

Sobre la mesa se apilan diferentes papeles con dibujos hechos al carboncillo, junto a los vasos y jarras vacías. Hace unos minutos que los amigos se encuentran enfrascados en una discusión sin fin, en la que Rachel, la prostituta de turno, ejerce como jurado de la acalorada competencia de dibujos y tragos.

Ya no encuentran ningún tema sobre el que competir, y Vincent propone:

—Vayámonos a los puños, hasta que uno de los dos quede exhausto en el suelo y pueda regresar a casa. El otro pasará la noche con Rachel —y aplaude con euforia, orgulloso de su idea.

La puta ríe y también aplaude, se siente feliz por ser la estrella de la noche y los alienta para que se realice el duelo. Los amigos salen a la calle oscura, sin luz de luna ni pequeñas lucecitas titilantes. Solo la luz roja requerida para las *maisons* ilumina la calle húmeda y los pequeños charcos remanentes de la lluvia. Se puede ver la pobreza del lugar por unos pocos faroles que destellan en su interior. En la esquina hay personas en situación irregular. La droga y el crimen hacen de Saint-Denis, al norte de la periferia capitalina, una zona convulsa.

Ambos caminan sin estabilidad, en bamboleos. Vincent va delante y, antes de que pueda volverse para dar el frente a su contrincante, siente un inesperado golpe en la espalda. Ese primer golpe lo derriba, y Paul, sin pérdida de tiempo, trata de tirarse sobre su amigo para terminarlo, pero Vincent encoge a tiempo sus piernas hacia el pecho e impide el contacto del cuerpo que se le viene encima. Logra hacerlo seguir de largo con sus pies, al usar las piernas como muelle, y lo lanza contra el suelo con un aullido de dolor. Las puertas del prostíbulo se abren de par en par y el improvisado ring de lucha se llena de espectadores que vitorean a uno y otro. También comienzan las apuestas. Paul se arrastra por el suelo hasta llegar a una pared que le sirve de sostén, logra erguirse, queda de pie sobre un pequeño montículo, unas pulgadas más alto que Vincent, y aprovecha la ventaja para saltar hacia él. El impulso da resultado, Vincent vuelve a caer de espaldas, pero en la caída su mano hace contacto con un madero, lo toma sin pérdida de tiempo y atiza un duro golpe en las costillas de Paul, quien con una queja ahogada reclama:

—¡Dijimos que solo puños, cabrón!

Paul tantea con la mano en su cintura y deja ver el reflejo del acero, rápido da la estocada. Vincent alcanza a esquivar el cuerpo, pero cae de rodillas. Un alarido de triunfo sale de la boca de Paul, aunque la sonrisa se hiela al ver el chorro de sangre que brota de la oreja de su amigo. Tira el cuchillo y se arrodilla frente a Vincent para controlar la sangre con un pedazo de su propia camisa.

Ahora es Vincent quien ríe, quita a Paul la tela, recoge la daga y termina de cortar el trozo de lóbulo que pende de su oreja, lo envuelve en el trapo y se lo extiende a Rachel, que palmotea de gusto.

—Aquí tienes tu trofeo de la noche —dice a la muchacha y ríe con la cara ensangrentada.

—Y aquí tienes el tuyo —le responde Raquel que busca la boca del hombre y estampa allí un largo beso

Los silbatos delatan la cercanía de la policía y todos se dispersan en la penumbra. Los amigos quedan solos y son conducidos al departamento policial, donde las autoridades se enfrascan en abrir el caso "Paul Gauguin & Vincent van Gogh". La sangre seca se confunde con los cabellos rojos de Vincent y, a cada pregunta, el pintor responde:

—Yo corté mi oreja porque me molestaba un poco. Solo yo soy el culpable.

Comienza a clarear la mañana, y dos siluetas surgen del recinto de la policía, y caminan con armonía hacia el horizonte amarillento, magia de los mitos solares que otorgan poder, inmortalidad y conexión con lo divino.

El diario

a Pepe Pequeño

Los hombres se dividen en dos bandos: los que aman y fundan,
los que odian y deshacen.

JOSÉ MARTÍ

—¡Cabrón!

El anciano cierra los ojos, quiere relajarlos para que desaparezca la irritación detrás de los pequeños cristales. Aunque en realidad se ve tranquilo, el temblor del papel en su mano delata el nerviosismo. Recuerda. Suspira hondo, se lleva el tabaco a la boca con la otra mano y, al liberarla, se rasca la cabeza blanquecina. Hace mucho rato que lee una y otra vez los recortes de folios escritos con letra enana que descansan sobre la mesa. Acerca a sus ojos algunos, para poder leer mejor, y repite la acción casi siempre con los mismos pliegues. Se le arruga la frente y medita largo rato antes de volver al ciclo.

La noche huele a flor de monte, el jazmín rodea la melancólica iglesia sin portal, y la luna brilla, porque el invierno es corto después de un verano bochornoso y errático, como todos los veranos desde aquel tiempo…

6.- Mayo.- Sensación de alfileres en la espalda. Pernoctamos en campo abierto, la gente se echó en la tierra plana y húmeda, también nosotros. Hice almohada con los mapas. Después de la discusión, Maceo se fue al campamento sin invitarnos. Comienzan a dolerme los nacidos. Llueve, se empapa la chaqueta.

15

Triste desde anoche, la poca unión me repugna, no nos ponemos de acuerdo en la forma y organización del gobierno, ni en la estrategia para la conducción de la guerra. Maceo quiere que yo sea delegado del partido y máximo dirigente de la revolución, pero Gómez me quiere afuera, en el extranjero. Él será el General en Jefe del Ejército Libertador y, junto a Maceo, conducirá la guerra. Propuse gobierno civil, con presidente y consejo, o cámara de representantes con facultades, pero sin interferencia en la lucha armada. Maceo no quiere, insiste en una junta de generales con mando y una secretaría general. No hubo unión. Discutimos. Grave pelea entre ellos, sirvo de apaciguador. El poder asquea.

A las 6, Maceo manda por nosotros, le asalta la culpa. Pasamos revista y explico a todos el giro de las acciones. Mil hombres en júbilo, nos abrazamos. Duele menos el desaire.

Nos despedimos de Maceo. Gómez despotrica dolido porque expuse reporte de pagos, donde aparecen los que se hicieron a él y a su familia. Maceo debía saber, cuentas claras... Gómez, colérico, fastidia, insiste en que me regrese rápido al extranjero, que sería más útil a la Revolución. Me acusa de flojo, me quiere fuera. Dice que no soy un soldado. Quiero renunciar y hacerme a un lado, luchar desde aquí. Todavía pienso en Masabó y sus ojos de odio contra Gómez.

—¡Cabrón! —masculla el viejo y lee.

Llegamos al caserío de Jagua, en San Luis, solo minutos. Mucha gente de Santo Domingo y españoles, franco-haitianos, canarios, antillanos, árabes y chinos. Nos adentramos en el monte, cuenca deprimida. Mambises y palmeras que se amontonan con la caña, el cafeto y el flamboyán. Colores. Cruzamos rieles Maroto-Sabanilla. Sale serpenteante el Guaninicum del Cauto. La gente aprovecha y se baña. Maceo peleó aquí en el sesenta y ocho, también sus hermanos Rafael, Justo y Julio. Dos fusilados. Fauna diversa, muchas canoras; también madera: cedro, algarrobo, majagua, caoba, roble y almácigo. Gómez y yo no nos hablamos, se nota que me desprecia. Fui a la hamaca temprano.

Los ojos inyectados del anciano detrás de los pequeños lentes están a punto de estallar. Se agarra la barba rala y la sostiene en el puño, mientras mueve la cabeza en negación.

—¡Cabrón! —repite.

Estruja con fuerza los pequeños folios, y los lanza al fuego.

Ecué

*Hay dos mecanismos que mueven
al mundo: el sexo y la plusvalía.*

Alejo Carpentier

—Chupa —dice en un susurro, con su boca pegada al oído, y suave la empuja por los hombros hacia abajo, hacia esa porción de su cuerpo libertadora de placer.

Se cerró la puerta y ya están enredados: se tocan, se descubren en cada beso y caricia, él no disimula su placer, ella es una gozadora que disfruta con juegos eróticos hasta ponerlo nervioso, duro. Se arrodilla y aprieta el sexo varonil por sobre el pantalón, siente un quejido breve y busca sus ojos con una sonrisa seductora, mientras abre la portañuela y el miembro sale intempestivo, furioso. Lo acaricia muy leve, hace círculos con los dedos en el glande que lo desesperan, le unta de su fluido vaginal. La respiración es más difícil para él que, contra la pared, cierra los ojos e inclina el cuello hacia atrás, hacia el techo, en busca de una respiración más profunda.

—Chupa —repite con la voz ronca, susurrante.

Ella ríe frívola, sus ojos brillan con lujuria porque sabe que tiene el control, es una dominadora y se enfoca en la virilidad del hombre, disfruta ver cómo la manipulación lo estremece, lo hace vibrar con cada cambio de caricia.

—¡Chupa!

La joven estaba en la audiencia, la vio escuchar con interés su barroca exposición y sintió el filtreo en un par de miradas. A la hora de la demostración, trató de acercarse, pero no tuvo tiempo. Ella se había levantado a bailar bajo los aplausos de todos. El resultado de la fusión entre la artista y el músico invitado quedó reseñado en la revista *Social* correspondiente a enero de 1932.

> ...mientras la mano izquierda de Simons produce implacables bajos de tambor ñáñigo, la actriz comienza a improvisar una danza capaz de aterrorizar a las pastoras y comediantes de Watteau... Danza del instinto, justa, nerviosa, bella por su verdad profunda... El movimiento se anima, se intensifica, se hace paroxismo. Vibra la casa entera... Y de pronto, un ruido metálico, múltiple, ruido de cataclismo doméstico, se hace oír en el *hall*... Los presentes se precipitan hacia la puerta para ver lo que acontece.

> —¡Nada! ¡Una de las armaduras medievales que guardaban la entrada del salón ha caído al suelo con estruendo de cacharrería ofendida!...

Están en la cama, ella lo monta y el sudor gotea de sus pezones morados, es en verdad una Venus de ébano, una diosa lucumí empalada, encabritada y en desenfreno, con el cuerpo arqueado y su piel con restos diminutos de maquillaje luminoso y semen, brilla por el hircismo que la hacen reverberar cual una efigie en movimiento. Baila a horcajadas, simula ritmos ancestrales, bambolea la cintura rumbo al orgasmo poseída por algún zafio. Él es su zafio y tampoco puede controlarse, por eso descarga al sentirla gritar en frenesí *¡Ecué! ¡Ecué-Yamba-Ó!**

Con cada espasmo reverencia la lengua de sus ancestros. El joven, en medio del paroxismo, solo atina a repetir, *¡Mi diosa!, ¡mi diosa!, ¡oh, oh, mi diosa!...*

Es muy entrada la noche, Alejo sale del aposento, deja atrás a la actriz y su piano Luis XV. La frase retumba en sus oídos y la piel se le agita, lleva el olor a hembra en celo impregnado en su nariz. Al entrar en su humilde residencia, va directo al baúl que se encuentra a los pies de su cama, saca un fajo de papeles escritos un par de años atrás en una cárcel de Cuba, y escribe sobre la primera hoja en blanco: *¡Ecué-Yamba-Ó!*

Aunque colabora en diversas revistas locales parisinas sobre literatura y música, el nombre de Alejo no suena con fuerza en el incipiente movimiento surrealista al que pertenece y que en próximos años habrá de influir. Se codea con Desnos, Tzara, Paul Éluard y Picasso, entre otros muchos artistas y escritores dentro de la farándula francesa. A raíz de su incipiente libro *La música en Cuba*, la Sorbona le había invitado a dar una conferencia y disertó sobre la música negra de Cuba. Muchos intervinieron, el tema ya es familiar en el ambiente parisino, que se arrebata con el sonido de los tambores ñáñigos. Luego vino la demostración de Moisés Simons, y allí comenzó todo. La música lo había detonado. La recuerda aquella vez en la audien-

---

* *¡Ecué-Yamba-Ó!*, voz lucumí que quiere decir "¡Dios alabado seas!".

cia, *es Joséphine Baker*, le había respondió alguien a quien preguntó. Y luego la música hizo estallar su encanto. No la volvió a ver porque ella no le pertenecía a nadie, pero la inmortalizó con la voz lucumí de su grito de triunfo sexual en el título en uno de sus libros célebres. El tributo a la noche erótica más exquisita de su vida.

Sobre su calvicie, pequeñísimas gotas de sudor resaltan el brillo del sol de la tarde; también en la guayabera que cubre su torso corpulento puede verse la marca del calor. Alejo está de pie, recostado a uno de los muros del Obelisco fálico de Luxor, en el centro de la Plaza de la Concordia. A través de sus gafas oscuras, ve salir el féretro por entre las columnas corintias de veinte metros de altura. La carga emocional es fuerte, el frontón representa un altorrelieve de El Juicio Final, y piensa en las coincidencias metafóricas de ese día. Es París, suspira para romper la vehemencia del momento, la ciudad del amor que despide a una de sus mejores amantes. El cortejo de más de veinte mil admiradores marcha en silencio, en procesión solemne rumbo al cementerio de Mónaco. El multipremiado escritor camina hacia su limosina estacionada en un recodo de la plaza, a pocos pasos del séquito.

Con las manos en la puerta del auto sin abrir, sus ojos aguados observan. Entrega su adiós final en mutis y vuela... puede ver dentro del ataúd a la erótica negra en un furioso delirio y los ojos llameantes, él encajado en ella con arrebato, y explotando ambos.

Irma

Eran mujeres corrientes que hacían cosas diabólicas.

SELMA VAN DE PERRE-VELLEMAN
(sobreviviente del Holocausto)

Está ahí de pie, espera a que se tense la soga anudada en su cuello. El Ángel de Auschwitz ha sido condenado a la horca y nadie la llora, todos se sienten aliviados porque hoy morirá la joven psicópata. Lleva la ropa de prisionera con el número 9 en el pecho, un augurio, el último en la serie de cifras, que anuncia el fin de un ciclo y la llegada de un nuevo comienzo. Pero aquellos que la pueden ver no han olvidado la imagen con que la conocieron: uniforme impecable, peinado perfecto y botas de montar brillantes. Ahora está allí sin el látigo en una mano, sin sus perros devoradores de humanos. Sola.

Irma muestra los signos del cansancio en su rostro, sus ojos y su piel son claros como el día del terror. El cabello ámbar bucleado se despeina con el viento. Es hermosa y la soga adorna su cuello. Hace dos meses, Irma Ilse Ida Grese cumplió veintidós años, y ahora tiene una expresión de pavor en su mirada, que disimula con prestancia y orgullo.

La hiena de Auschwitz mantiene el aire de superioridad, es incapaz de sentir simpatía por nadie, tampoco la pide para ella en este instante crucial. A su mente regresan los recuerdos de su supervisión a los prisioneros en los campos de concentración de Ravensbrück, Auschwitz y Bergen-Belsen, la selección de aquellos para las cámaras de gas, su adicción por las prisioneras hermosas y por el dolor, que siguen ahí, encajados en ella hasta el último momento. Vuelven las imágenes de las flagelaciones, los destrozos que hizo con su látigo en los senos de prisioneras jóvenes, y luego, con las heridas infectadas venía lo mejor, un sentimiento de poder y disfrute, al ver cómo amputaban los bellos pechos a sangre fría, era excitante mientras más doloroso. Había gozado mucho con la destrucción de la belleza, pero ahora le toca a ella perder la hermosura de su perfecta juventud.

Irma sabe que la muerte está ahí, cerca ya para cobrar su dosis de venganza, intuye la presencia de miles de lémures que vienen a pedir por su sufrimiento. Los siente muy cerca, pero le reconforta saber que será un sufrimiento breve, sin sadismo ni recreación.

Distante y altanera, Irma Grese percibe el escalofrío del peligro y la cercanía del final, teme al dolor que le puedan infringir. Ha sido una estudiosa de los procedimientos para la muerte y sobre todo para esta que le toca ahora. El ahorcamiento la llevará al deceso por asfixia mecánica, por sofocación, tal vez prolongada. Se debatirá con movimientos convulsivos, en una danza exótica a la que llaman "bailar en la cuerda".

Hay varias muertes en el proceso de los ahorcados, y a ella puede tocarle cualquiera: morir en la caída por el golpe, por shock inhibitorio, anemia cerebral brusca, o por síncope cardiaco. Le consuela que quedará inconsciente entre diez segundos y un minuto, y no se percatará de la falta de oxígeno ni del comienzo de destrucción en las células del corazón y otros órganos vitales. Luego, el cuerpo se desmembrará, primero las extremidades, la piel, los órganos, y se completará con el cerebro.

El verdugo británico Albert Perrepoint, con más de cuatrocientas muertes ejecutadas, ha preparado el proceso de la caída larga, procedimiento conocido también como caída medida, extraído de los últimos avances científicos. Ha calculado todo según el peso de la condenada y la cuerda necesaria para asegurar que la caída no rompa el cuello de inmediato. Los buenos pueden ser peores en la venganza. Ella no lo sabe y repasa en su cabeza todos sus conocimientos para cerciorarse de que sea rápido, muy rápido.

El verdugo se coloca detrás de Irma, toma la soga con una mano y el hacha con la otra. Junto a ellos, las enfermeras alemanas Elisabeth Volkenrath y Juana Bormann son testigos del momento y sienten repulsión frente a esa mujer que ahora trata de esconder su miedo y entona murmurante cantos marciales de las SS.

El hombre se acerca para consumar el trabajo, levanta el brazo con el hacha, espera la orden del maestro de ceremonia, y al punto de cortar la soga escucha que la orden de ejecución proviene de los labios perfectos de la propia Irma: *¡Jetzt, schnell!*

Cauley Square

—Sí, aunque no lo vi muchas veces cuando trabajaba para él, lo recuerdo muy bien, era alto y fornido, el granjero multimillonario que más producía tomates aquí, pero tenía los ojos tristes.

El viejo eleva sus ojos difusos hacia el cielo en busca de la perfección del detalle, de la palabra precisa. Es un hábito que acompaña a la gran mayoría de los ancianos hasta su muerte.

—El señor William Harvey Cauley nació en Georgia, lo sé porque en algún momento el niño William II habló conmigo sobre la coincidencia del mes de nacimiento mío con el de su padre. Pero no fue en el mismo año, yo soy más joven, y nací entrado el otoño. Octubre es el mes más agradable, comienza a bajar el calor en Florida, la narizona —el viejo se carcajea y puede verse su boca desdentada, por donde resbala un hilo de baba del tabaco que mastica con su dentadura blanda—. Así le decía a Florida el señor William, la narizona.

—De acuerdo, abuelo —el joven se agacha e intenta ver sus ojos, que ahora se concentran en el piso—. Usted nació en el mismo año que el joven Cauley, por lo que va a cumplir cien años. Estoy aquí enviado por el alcalde, quien desea celebrar su centenario. ¿Me escucha? —el viejo sigue en la misma posición, sin inmutarse, mientras el joven habla—, el alcalde me ha pedido que hable con usted porque quiere cumplirle su aspiración más preciada. Cualquier cosa que usted desee. ¿Me escucha, abuelo?

Por fin levanta la mirada del suelo. Sus ojos están velados por una tela blanca, una masa de pinguécula, causada por la radiación ultravioleta del sol y la exposición frecuente al polvo y el viento.

—Claro que te escucho, hijo. Soy ciego, no sordo.

—Entonces dígame, abuelo, ¿usted quiere una fiesta? ¿O prefiere realizar un viaje?

—Me enteré de la muerte del joven Cauley hace unos cinco o seis años —dice sin responder la pregunta, como si hablara consigo mismo—. Ellos son los fundadores de South Dade y de Coral Gables, pero él no nació en Georgia, como su padre, nació aquí mismito, en Goulds. También su hermana, la señorita Alliene, nació ahí mismito al doblar. Dice mi nieto que ella también murió de un derrame de la mente, pero ya hace muchos años que se fueron de aquí para la casona de Coral Gables.

La habitación está casi desnuda, con una vieja cama y un bastón apoyado en ella. El joven está sentado en una silla frente al viejo, y ambos se quedan en silencio durante unos minutos, reflexionan, hasta que por fin el viejo responde a la pregunta inicial:

—Mira, hijo, mis viejos huesos agradecen que no me mueva tanto. Nada de viajes ni fiestas. Pero, ya que insistes, ¿sabes lo que quiero?

—Dígame usted.

—Quiero que me lleves allí al frente. Quiero entrar en la casa de los señores de forma legal.

—Pero eso lo puede hacer usted si lo desea en cualquier momento.

—No, joven, no. Yo allá no voy sin autorización del gobierno. Nunca nos dejaron cruzar la calle. Los negros trabajábamos de este lado y nos tenían prohibido cruzar la calle. Mataron negros por eso, ¿sabías? —se torna melancólico por los recuerdos—. Sí, mataron a un par de negros rebeldes que intentaron entrar en la propiedad porque se contaban muchas cosas. Además de aquel lado estaba la casa de las muchachas ligeras. Ahí iban los hombres a divertirse, ¿sabes? Y no me malentiendas, yo nunca fui. Mi esposa, que en paz descanse, no me lo habría permitido. Pero mi hermano, el menor, sí que iba a escondidas. Un día se metió en un lío muy grande y tuvo que huir del pueblo. Nunca más supe de él. Pero eso es agua pasada.

El joven asiente en silencio, sin saber qué decir. Siente la incomodidad de hablar sobre temas que no le corresponden, pero tampoco quiere ser descortés.

Tras un momento de silencio, se levanta y se acerca a la cama del anciano.

—Abuelo, las cosas han cambiado mucho desde entonces. Ahora podemos ir adonde queramos sin que nadie nos detenga. Podemos entrar en esa casa si queremos, es un centro público.

El viejo sonríe con tristeza y sacude la cabeza.

—No, hijo, no podemos ir a donde queramos. Las cosas no han cambiado tanto como crees. La discriminación todavía existe, solo que se ha vuelto más difícil de ver. Lo único que quiero es estar allí, frente a la casa, para recordar los viejos tiempos.

—Muy bien, abuelo, yo me encargo de hacer los trámites necesarios para que pueda entrar en la propiedad. ¿Qué opina?

El anciano sonríe con agradecimiento y el joven se despide. Mientras camina por el pasillo, reflexiona sobre la historia que acaba de escuchar. Se da cuenta de que hay mucho sobre el pasado de su ciudad que no conoce, historias ocultas detrás de los edificios y calles que ve todos los días.

Están por cruzar la US1, la franja que divide la luz de la oscuridad, el dolor de la humillación, y la paz del cobijo. Esa larga avenida que corta el país como en una cirugía perfecta. El viejo se ve nervioso, viste una camisa blanca de mangas largas, una corbata morada y pantalones negros. También lleva los viejos y relucientes zapatos. El bastón muestra su temblor.

El joven lo toma del brazo para ayudarlo, es preferible evitar que dé un traspié. Insistieron en llevarlo en el carro, pero pidió ferviente caminar, como si en ese viaje se despojara de un pasado de dolor. Son unos pocos metros, pero se siente como si pasaran horas hasta llegar a la entrada.

Allí parada, esperándolos, está Frances, la hondureña dueña del lugar y recuperadora de su historia. Les da la bienvenida y los hace caminar por la calle central, mientras explica la utilidad de cada pequeña casa. El lugar se ha transformado en un centro turístico y cultural donde se hacen conciertos, días de *jazz* y muchas actividades para niños. Ella cuenta una historia sobre una de las fuentes, muestra la nueva librería, Sweet Haven Books y la galería del artista Carlos Franco, The Children's Gallery & Arts Center, Inc., entre otras. Se detienen frente al salón del té. Desde afuera se ven las mesas preparadas, hay bandejas con sándwiches, mucha comida americana gourmet y un gran pastel.

El viejo no entra, vuelve la cabeza de un lado a otro, se detiene para inhalar el aroma de los árboles, del té, del café, olores que salen de la cocina. Enfoca sus orejas busca ruidos familiares. Nada dice, su boca está sellada tanto como sus ojos. Sus oídos escuchan la algarabía de los pájaros cautivos para comerciar en el caserón, otrora prostíbulo, y de otros, libres, en las copas de los árboles.

Escucha el murmullo del grupo que lo acompaña y la voz amable de Frances, que continúa con la narración histórica del lugar. El viento huele dulce, a esencia de infusión. El viejo frunce el ceño. No siente el olor a tomate y naranja recién recogidos, ni del sudor y el viento quemado, tampoco del humo del tren. ¿Era aquello el tesoro de recuerdos que siempre guardó en su corazón? Entonces no necesitó cruzar la calle.

Carraspea un par de veces y levanta el bastón moviéndolo en círculos.

—Vaya mierda, volvamos a la casa que es hora de mi sopa y mis pastillas —y, sin despedirse, da media vuelta y comienza a alejarse a paso lento.

Altagracia Granda

Una era construye ciudades. Una hora las destruye.

Séneca

Altagracia Granda lanzó un grito ensordecedor, largo y agudo como la propia vida, y comenzó a llorar. La negra Omi colocó el cuerpo estremecido por los sollozos en el abdomen de la madre, que la recibió con una sonrisa de satisfacción a pesar de las huellas del sufrimiento en su rostro.

El llanto metálico de Altagracia era la queja temerosa del porvenir, el primero y peor de todos los miedos. La negra se enrolló un pedazo de gasa en el dedo índice y limpió con delicadeza la boca de la criatura, que se revolvía con cada arqueada. Luego acercó su boca a la pequeña nariz y aspiró suave, hubo un silencio momentáneo, y escupió un líquido amarillo con moco leve, al tiempo que se reanudaba el llanto de la niña. Cubrió con una manta los dos cuerpos y se dirigió a la punta de la cama, colocó una cacerola de barro bajo el ano de Dolores, pujara, mi niña, puje ma' pa' que salga to' lo malo.

Dolores tuvo unas ligeras contracciones, respiró profundo, contuvo el aire y pujó. Un chorro de sangre y coágulos acompañó a la placenta y al cordón umbilical, que cayeron dentro de la cacerola.

Omi puso la vasija a un lado de la cama y mojó un trozo de toalla con el agua hirviente de cordón de Orula y granos de pimienta de guinea; poco a poco limpió con dedicación el cuerpo de la mujer, enrolló un trozo de tela blanca que situó en contacto con la vagina para recoger los restos de sangre y le estiró las piernas en posición cómoda.

Un suspiro de alivio interrumpió los rezos continuos de Omi, que sonrió fugaz y continuó con el quehacer. No detenía sus movimientos, agarró el cordón umbilical y ató a unos quince centímetros del abdomen de la niña un trozo de trenza hecho de cuerdas finas, se aseguró de que estuviera bien anudado, agarró un cuchillo, y cortó.

Un fino hilo de sangre salió disparado a pegarse en el cuello de la partera, que reaccionó con un rápido movimiento hacia atrás, llevándose automáticamente la mano al lugar del impacto para retirar la muestra. Fue todo. Plantó algodón sobre el ombligo cortado y, sobre este, una medalla redonda del Santo Niño de Atocha; entonces plegó un pedazo de gasa alrededor del pequeño cuerpo, cubrió el abdomen mientras balbuceaba un canto bajo, ininteligible y rítmico, en el que pedía seguridad, protección y sosiego a Elegguá-Echu, y claridad en los caminos a Papa Legba. Mezcló en el canto los nombres de Orula y San Francisco de Asís y finalizó el amarre. Después, volvió a cubrir los cuerpos con la manta.

El llanto de Altagracia se hizo gemebundo. Omi miró a la madre exhausta y la premió con una sonrisa, cogió la cacerola de la punta de la cama y se dirigió a la mesa para recoger más basura regada junto a las estampas de san Ramón Nonato, san Francisco de Asís y de la Virgen de la Caridad del Cobre, todos ellos considerados como los dueños de las barrigas y los partos. El fuego de las velas se movía con el aire que entraba por la ventana entreabierta. "Niña, ya tienes que prepararte, yo voy a enterrar to'esto", dijo Omi mientras salía de la habitación llevando consigo la cacerola de barro.

Dolores respiró profundamente y expulsó el aire con ganas, con ruido, queriendo sacar los restos de la noche larga. Miró a su hija con los ojos llenos de ternura y trató de peinar con un dedo los rebeldes cabellos sin resultado alguno, mientras se perdía en sus recuerdos.

Los pensamientos de Dolores fueron interrumpidos por el regreso de la negra, que empezaba a colocar dentro de un baúl de madera todo lo que encontraba a su paso. Luego, se dirigió a la puerta una vez más y volvió a salir.

El olor a humo comenzó a filtrarse en la habitación y Omi entró seguida de unos hombres. Juan Manuel se adelantó, con lágrimas en los ojos, besó la frente de su mujer. Luego, tomó a la niña en brazos y, mirándola con inmenso cariño, besó su pequeña cabeza y la devolvió a los brazos de la madre. "¿Estás preparada?", preguntó en un susurro; ella asintió, y él con los otros hombres, la pusieron con cuidado en una rústica camilla para sacarla de la habitación.

Omi se dirigió a la mesa, recogió las tres estampillas de los santos y las metió en el bolsillo de su bata blanca, y se fue.

Dolores esperó afuera, en el carruaje de caballos, con el bebé sobre su pecho y Omi a su lado. Juan Manuel se paró unos instantes frente al portón de la casa y lanzó la tea encendida hacia su interior. Al instante, una lengua de fuego cubrió la entrada. Todo lo alcanzado por la familia durante dos generaciones quedó allí. Afligido, se sentó en la parte delantera de la carreta junto al negro Babá Oca, que a su señal echó a andar el carricoche despacio, esquivando a las personas, los animales y otros carruajes que se atravesaban en el camino.

Era un gran desorden de gritos, llanto, ruidos, mucha gente y el fuego que devoraba la ciudad. Dolores observó el humo que salía de entre los vitrales rotos de su casona, miró a su marido con enorme tristeza, pero recibió una sonrisa de vuelta. Altagracia dormía plácidamente, a pesar de los toques luctuosos de campanas en la iglesia de San Salvador de Bayamo.

Advenedizo

El talento es una llama, pero el genio es un fuego.

BALZAC

El acosador acude a las reuniones con ansiedad golosa. Tiene una conversación charlatana y al mismo tiempo fecunda, que hace disfrutar al grupo. Su lengua es una trampa que los atrae y les hace reír, los relaja en breve tiempo y logra que ellos se desprendan de sus prejuicios por un rato, así intima hasta el disparo. A ellos les gusta su peculiaridad, que él los aturda con esa labia cálida, y con su forma magistral de desenvolverse en aquellos salones de donde no proviene, pero a los que se aferra en busca del éxito.

Es París, la capital del mundo de la moda y la cultura, un reto para introducirse en la aristocracia parisina, conocida por su elegancia, sofisticación y refinamiento. Por eso se esfuerza en perfilar su imagen hasta el más mínimo detalle, aunque su corpulencia repulsiva contraste con la belleza de sus éxitos sociales y literarios. Sabe que debe ser letal, elegante e ingenioso, ya que la nobleza no perdona la falsificación o el fraude.

Los nobles tienen un ojo experto, que percibe la casta, igual que el hombre blanco encuentra el mínimo rastro de color disimulado en una piel como la suya. Sí, se divierten con él, pero luego lo olvidan como a un tipejo más con ínfulas de rico. Ese es el momento en

que el bribón los estudia con cuidado, elige al espéci-
men perfecto para su fantasía de turno, se aprende de
memoria sus gestos, su habilidad o torpeza, el tono de
voz, el atuendo y otros detalles. Se deleita en perpe-
trar el zarpazo final y, en la venganza, es despiadado:
se ensaña con la clase privilegiada, el linaje, la riqueza, la influencia. Los disecciona en sus narraciones y
los hace aparecer estúpidos y superficiales.

Coloca la ropa que acaba de quitarse en el respaldo
de una de sus dos sillas: es un vestuario disimulado,
ya que después de la Revolución se ha impuesto un
desdén por lo suntuoso. Su camisa es de seda gris, y
los guantes, del mismo material y color; un sobreto-
do, la chupa y zapatos planos. Estira bien cada pieza
para que no se arrugue y poder usarla como nueva
cada día. Su vida intensa le exige excesos que debe
frenar ya que sus deudas son insostenibles. Se tira encima un batón blanco y percudido, y coloca el bastón
con empuñadura de marfil, adquirido en una tienda de
empeño, contra la pared.

La buhardilla está situada en la parte superior del edi-
ficio, no tiene ascensor ni calefacción, y únicamente se
puede acceder a ella a través de una estrecha escalera
de caracol. A simple vista, se nota que es pequeña, y
su limpieza, cuestionable. El techo puede tocarse con
las manos. Es muy barata pero también muy precaria
y con pocas comodidades. Una enorme mesa ocupa
casi todo el espacio y sobre ella descansa una lámpara
de aceite, cuya luz difusa permite distinguir algunos

detalles en la oscuridad: papeles, hojas esparcidas, plumas, pomos de tinta, lápices, creyones, trozos de vela, libros, etc. Al lado de la mesa, un cesto de basura inundado de papeles desechados. La cocina es antigua pero funcional, con un gran *cezve* de café turco espeso, que humea todo el tiempo y llena el espacio con su amargo aroma, además sirve como fuente de calor. En un rincón de la habitación, una cama mullida permanece sin hacer. Una pequeña ventana es la única salida para los vapores de la cocina hacia la calle.

El gordo, con su nueva vestimenta, no es más que un tipo ordinario y descuidado. Se arregla la grasosa melena hacia atrás y lleva a la mesa el café en un pequeño jarro. Hace ademán de sentarse, pero tocan a la puerta y se dirige hacia allí, sus pasos provocan que el piso de madera cruja a pesar de estar cubierto por una alfombra gruesa y vieja.

—Vine por el encargo —dice el visitante.

—Siento decirle, amigo Gosselin, que aún no está terminado. Me falta tiempo. Venga al amanecer, lo esperaré.

—No me concierne en absoluto si tienes o no tiempo, Honoré. Hicimos un trato que la revista ya pagó. Ahora te toca cumplir con tu parte y terminar a tiempo —responde el conocido y astuto editor de *La Caricature de Paris*.

Gosselin está comprometido con la publicación de sátiras políticas y sociales. Es un hombre muy respetado por los artistas y escritores que trabajan para él, y se dice que es justo en sus tratos y pagos; sin embargo, aunque le encanta publicar las sátiras de Honoré, que ridiculizan a la monarquía y al gobierno de Luis Felipe I, no se lleva bien con él, debido a su falta de compromiso con las fechas.

—Estimado amigo Gosselin —responde el gordo con una mueca sardónica—, le prometo que al amanecer usted tendrá su encargo completo. Pase una buena noche —y cierra la puerta en la cara del hombre.

Ya en la mesa, con los ojos cerrados, bebe despacio el primer trago de café. Toma una hoja en blanco y comienza a escribir: *El café acaricia la boca y la garganta y pone todas las fuerzas en movimiento: las ideas se precipitan como batallones en un gran ejército de batalla. El combate empieza, los recuerdos se despliegan como un estandarte.*

Bebe otro sorbo y escribe... *La caballería ligera se lanza a una soberbia galopada, la artillería de la lógica avanza con sus razonamientos y sus encadenamientos impecables. Las frases ingeniosas parten como balas certeras. Los personajes toman forma y se destacan. La pluma se desliza por el papel, el combate, la lucha, llega a una violencia extrema y luego muere bajo un mar de tinta negro, como un auténtico campo de batalla que se oscurece en una nube de pólvora.*

Lanza la hoja hacia ningún lugar. Se sirve otro jarro de café turco y comienza a escribir en una nueva hoja, y luego otra y otra y otra más. Escribe febril, sin detenerse a releer ni reparar errores. Los personajes salen alineados uno a uno, las situaciones y la trama se desarrollan. Uno a uno los jarros de café desaparecen.

El joven Raphaël de Valentin decide suicidarse en el Sena, pero antes de hacerlo entra en una tienda de antigüedades y compra una extraña piel de chagrín escrita en sánscrito. El vendedor asegura que la piel puede conceder cualquier solicitud de su dueño. La fantasía llena las páginas del relato, que describe las peculiaridades de esta piel invencible y mortal, mientras se exploran temas filosóficos, como la lucha entre el deseo y la razón, la naturaleza humana y el poder del amor. A medida que Raphaël se sumerge en una vida de lujuria y riqueza, la piel de chagrín se reduce, lo que simboliza la disminución de su vida y su alma. La prosa es descriptiva, detallada, y la historia está llena de personajes intrigantes, que incluye a la bella y misteriosa Fedora, que cautiva a Raphaël. Los símbolos, las metáforas y la abstracción lo hacen sudar en la madrugada fría. Escribe sin parar. ¡Oh!, a Fedora ya la encontraréis. Ayer estaba en los Bufos, esta noche irá a la ópera. Está en todas partes; es, si queréis, la Sociedad. Coloca el punto final.

— ¡Listo! —exclama con regocijo, pero exhausto.

Estira su espalda con los brazos levantados y choca el techo. Recoge los papeles y los agrupa en un fardo único, que amarra con un trozo de banda fina. El sol intenta sus primeros amagos de luz a través de la pequeña ventana. Tocan a la puerta.

Despedida

a Stendhal, Trilce y Joan Manuel

Una nación que cría hijos que huyen de ella por no transigir con la injusticia, es más grande por los que se van que por los que se quedan.

Ángel Ganivet

No me aparto de la ventanilla ni del asombro, sigo sin entender por qué la gente se alegra tanto. Mi vista se pierde en el grupo de la azotea, que levantan las manos y las mueven como banderas. Intento no perder los rostros queridos. El rugido del motor del avión, el fogonazo, la onda de calor difumina las siluetas que comienzan a separarse. Tengo quince años y no sé qué pasa con las personas. Dentro del avión aplauden, abren botellas de *champagne* y brindan con una alegría que me atonta un poco. Afuera, los rostros están ocultos, parecidos al mío, algunos lloran y nadie sonríe. El monstruo empieza a moverse y quedan atrás los edificios, los hangares, el avión se traga la pista de una vez y ya somos almas que flotan en el aire.

Me da pena que me besen, ni siquiera me gusta que me tomen de la mano, que me toquen en público o que me pongan un brazo sobre los hombros. Es un recato ancestral, genético; dicen que soy igual a mi abuela y a mi bisabuela. Esta última se jactaba de que su marido nunca la había visto desnuda, creo que es exagerado. Pero mi tía es diferente, le encantan los abrazos y los apretones con la gente, aunque los haya conocido unos minutos antes. Hoy no me importó, él no dejaba de tocarme y yo lo permití sin remilgos.

Llevamos un año de novios y nos separará una gran distancia. Me voy, es posible que para siempre, y él está angustiado. No hablé para no romper el hilo de sus manos. Mis padres, mi abuela, los amigos me miraban, "estás ida", dijo mi abuela mirándome a los ojos. Yo asentí.

Desde hace unos meses nuestra vida es una locura, a mi papá le dieron una libertad especial de la prisión, para que salga del país, *desterrado como Martí*, dijo mi madre. *Es un deportado, un exiliado, un apestado en nuestro país.* Hace tres años lo acusaron de perestroiko y traidor a la patria, *lo acusaron por pensar diferente*, también me dijo mi madre, pero otros lo ven como un héroe. Durante tres años fuimos a las visitas de la cárcel. Pasábamos trabajo con el transporte para poder llegar y estar un par de horas con él. Fue un tiempo terrible, también por la falta de comida para llevarle. Luego llegó mi hermanito "Papillón", lo llaman así porque fue concebido en la cárcel, en una de las visitas matrimoniales llamada "Pabellón", una forma de parodiar la similitud con la película. Me encanta el cine. Nos vamos a vivir a los Estados Unidos, me quedo sin amigos y sin novio, pero voy a estudiar cine y seré actriz. Eso me consuela.

Hay un murmullo denso, todos hablan animados, parecen felices, algunos ríen con superioridad y optimismo, con una extraña esperanza en los ojos húmedos. Mi papá también ríe y habla fuerte al lado de otros hombres que lo apoyan, todos llevamos la marca de cartón pegada al pecho, "Amnistía Internacional". *Todos deben llevarla, también los niños*, había dicho un señor de traje y corbata con tono autoritario en el aeropuerto.

Mi padre se la colocó a mi madre, y mi tía, a mi abuela, y se puso la de ella a la altura del hígado, no en el pecho como todo el mundo. Pero así es ella. Mi hermano mayor me quitó la mía de las manos y me la pegó en el corazón, *tienes que llevarla con orgullo*, dijo. No entendí por qué. Le pregunté a mi madre y ella empezó a explicarme sobre una asociación extranjera y la libertad. No la escucho, mi mirada se pierde en los cristales mientras dejamos a los demás atrás. Cristales ahumados, sin su transparencia esencial, sin la nobleza del trasluz.

Ahora estamos en fila, mi viejo da las indicaciones mientras abre el camino con mi hermano mayor y yo los sigo. Mi hermano se hace el sabiondo y tiene la misma alegría fingida que mi viejo y mi abuela. Se carcajeaba allá con sus amigos que fueron a celebrar "al héroe". Todos nos trataban como héroes, hasta su madre que estaba allí con sus ojos verdes llorosos. Él se hacía el contento pero lo conozco bien, estaba nervioso. Después en la fila, viene mi mamá con mi hermanito agarrado de la mano. El inocente mira todo y pregunta en su lenguaje de dos años. Ella no dice nada, está tan lela como yo, se come las uñas pero se hace la fuerte. Detrás de nosotros viene mi abuela y luego mi tía, igual que un guardaespaldas, mira a todos lados como si esperara un ataque o una orden para detenernos. Esto parece una película de polis y sigo sin entender el porqué de la alegría si hemos perdido todo cuanto teníamos. Yo solo actúo en consecuencia.

Papeles y más papeles, pasaportes, fotos, huellas digitales, un túnel, la escalera, miro y están ellos, detrás de los cristales que recuperaron la transparencia.

Hay otros en la azotea del aeropuerto, donde el viento sopla fuerte. Gritan en silencio y mueven las manos como en las películas de Chaplin, pero son otros rostros. Estos sonríen. No quiero decir la palabra que lo define todo, no me atrevo a pensarla. Tropiezo en la escalera. Hace unas horas yo era una de ellos, era los otros antes de cruzar los cristales, y ahora soy una pregunta sin fin. Termino de bajar la escalera. Siguen ahí, gritan, agitan los brazos, comienzan a escucharse las voces lejanas. El fogonazo y las llamas se apagan. Sí, fue el adiós. Lo pienso y todo se hace real. Me ahogo en esta angustia clavada en mi estómago. Son puntos en la distancia, y el vacío.

Búho

a Mireya

*La casa sería insignificante si no fuera porque ya, desde la
entrada, en el porche, nos esperan unos búhos enormes...*

Mireya Robles, "Diario de Sudáfrica"

Helen Martins está rota. Sentada en una esquina del
suelo de la sala y de regreso a la posición fetal, llora
sin control. Está hinchada por el llanto, las malas noches y el dolor que ha traído la muerte de su padre.
Este dolor se suma al reciente fallecimiento de su madre. Ahora está sola con su sufrimiento y una enorme
casa vacía en el fin del mundo. Se levanta y se seca
la cara con una punta de la falda. Se para frente a la
ventana, con la vista perdida en el verdor del valle de
Nieu-Bethesda y las orillas del río Gats. Allí nació
y estudió sus primeros años, pero ahora, cincuenta
años después, la soledad la abraza. De repente, tocan
a la puerta y Helen sale de su ensimismamiento, es
Koos Malgas, un jovencito aborigen del Cabo que
algunas veces realiza diligencias y reparaciones para
la familia.

—Pasa, Koos, siéntate y acompáñame con un té.
Quiero hablar contigo sobre una idea que tengo.

Koos es un típico mestizo con el pelo encaracolado,
ojos negros enormes, y un rostro bondadoso y amiga-
ble. Es un muchacho humilde, muy educado, que habla afrikáans, inglés, y también usa la alternancia de
códigos y mezcla ambas lenguas. Ayuda a sus padres,

43

hace trabajos diversos para los blancos y mestizos con dinero. Acepta la taza de té que le ofrece Helen y, sin intención de beberla, se queda expectante, a la espera de la conversación. Helen, por su parte, bebe un par de sorbos del líquido caliente, que también ayuda a aliviar la tristeza, y mira a los ojos de Koos, quien siente pena por la mujer.

—No te asustes, muchacho. Solo quiero ver tu disposición para arreglar algunas cosas en la casa, sobre todo en el jardín. Creo que no tengo ánimo para hacerlo sola. Es mucho trabajo, así que voy a necesitar unas manos hábiles y unos brazos fuertes como los tuyos ¿Puedo contar con tu ayuda?

Intenta sonreír pero una mueca de abatimiento se dibuja en sus labios. Dijo su discurso suave, despacio y con desgano, como si en verdad no quisiera hacer nada de lo que acaba de decir. No sabe qué hacer con la casa vacía en una aldea casi deshabitada y polvorienta. Pero está segura de que la pérdida es parte del ciclo vital y que tarde o temprano hay que enfrentarla. Helen es frágil, introvertida, y se siente devastada, lo mismo que sucedió tras la muerte de su madre meses antes. Fue tanta la depresión que necesitaron internarla unas semanas en el hospital para que repusiera sus fuerzas. Baja la cabeza y se concentra en soplar la superficie del líquido para apartar el humo y beber pequeños sorbos. Koos respira aliviado y con aflicción.

—Lo que usted quiera, señorita Martins —dice casi en un susurro, imita el ejercicio de la mujer y también baja la cabeza. Ambos quedan en silencio mientras la tarde se desvanece en el valle.

La limpieza del jardín le sirve para los ánimos a Helen, que siempre en voz baja y delicada da instrucciones a Koos. Enfundada en su overol y con pequeñas botas, se sumerge en el maratón de quehacer. Ha logrado llegar a la fase de adaptación por la pérdida y está segura de que debe seguir adelante y reajustar su vida. Pensó en irse lejos, pero después de cincuenta y tantos años, un nuevo comienzo es demasiado. Tampoco quiere dejar el lugar centro de sus recuerdos y donde están enterrados sus padres. Sin embargo, la soledad no le hace bien y no puede dejar de sentir que el dolor y las emociones acumulados en su hueco de ausencia la consumen.

Los días y los años pasaron, y Helen tomó la decisión de rodearse de cosas que le gustaban. Se lo propuso a Koos y juntos empezaron a crear esculturas que poco a poco llenaron el espacio y le dieron un sentido de historia a tanta soledad. Ahora la casa está llena de cuadros, pinturas y fotos que ocupan todos los rincones. En el exterior, lo primero que crearon fue la entrada: un arco de medio punto hecho con ladrillos y, en el centro, una asta gruesa con un búho posado en la punta en cruz. También crearon búhos solitarios y búhos alados con cuatro patas, y otras esculturas, como Adán, que come la manzana directo de la boca de la serpiente; la sirena, las jóvenes con vestidos de cristal, un perro con bigotes de alambre y ojos de focos de carro, camellos, burros y ovejas.

Hay personas que ruegan, la mayoría con las manos extendidas al cielo, piden y señalan al oriente. Hay tristeza y agonía en sus rostros, en los ojos cristalinos, igual que la expresión repetida en el semblante de Helen. ¿Qué piden todos en su Babel? ¿Por qué caminan hacia el mismo punto? Ella tampoco se detiene, muele cristales que coloca en los ojos y los cuerpos moldeados de cemento y barro, recoge botellas que luego serán el vestido que los cubra. Lee y, de cada lectura, surge un personaje, cada recuerdo o conversación con sus padres trae las figuras que boceta y reproduce para erigir su cuento. Pero no dice nada a nadie, no explica nada, y los que pasan y se detienen no tienen idea de qué es esa población de personas y animales que poco a poco llenan los patios. Solo ella sabe cada leyenda, cada fábula y por qué se mezclan para alzar las manos al unísono hacia el infinito.

Los ojos claroscuros de Helen comenzaron a transparentarse con el tiempo, el cabello encaneció y su piel tiene que ser humectada con frecuencia para suavizar los surcos por exceso del sol y la vejez. Lo cierto es que la Casa Martins se transformó en un parque. Han pasado más de veinte años, la vida es otra, pero la casa solitaria está llena de personajes, y a veces se añade otro. Los turistas que vienen a Sudáfrica viajan por las empolvadas carreteras para visitar la Casa de los Búhos; pero Helen no esperaba esto, había creado un mundo para ella, para llenar su soledad, y los intrusos la impacientan.

Helen y Koos se sientan, como cada tarde, a beber el té, casi el único alimento de la anciana. Ambos están frente a la ventana sin mediar palabras. Bajan las cabezas para soplar el líquido de las tazas. Han aprendido a comunicarse en el silencio. Los ojos de

Helen ahora perciben la luz opaca, ya no puede ver el arco ni el búho, ni el desfile de sus creaciones hacia el oriente. Es habitual que el día descienda enrojecido y un gris perla añada menos ardor y más melancolía a las sombras. Sombras y memoria es lo que le queda para aclararse. Después de un rato de silencio, Koos se levanta, llega a la puerta y se coloca el sombrero antes de despedirse.

—Hasta mañana, señorita Martins.

—Hasta mañana, Koos. Saluda a la familia.

Cada tarde, Helen se asea, prepara un vaso de agua que coloca en la mesita al lado de la cama y se acuesta a dormir. Hoy rompe la rutina, en vez de agua, llena el vaso con otro líquido transparente pero más denso. Se sienta en la cama y lo bebe de un tirón. Rápido siente un dolor profundo que abrasa su estómago en una contracción intensa. Sus ojos, antes blanquecinos, se ennegrecen y se dilatan, lagrimea con las pupilas dilatadas, mientras un vómito sanguinolento sale disparado de su boca con un rictus infernal. Varios eructos siguen al vómito y brotan la sangre y el moco. Sus oídos comienzan a drenar. A pesar del dolor, Helen no se queja, es consciente de que lo provocado por ella tiene consecuencias, pero apenas puede respirar, sufre, puja y siente cómo sus intestinos se devastan. Sus ojos ciegos miran por última vez, parpadeantes, y se quedan sin luz. Una última expulsión de sangre con trozos de vísceras la dejan exhausta, solo tiene un segundo para despedirse de sí misma.

El loco

Para Alejandro Lorenzo

En mi locura he hallado libertad y seguridad;
la libertad de la soledad y la seguridad de no ser comprendido.

GIBRAN KHALIL GIBRAN

"Voy a crearme un personaje, ya está bien que siempre el gobierno me joda por hablar sin filtro. Soy un hombre sin censura y prefiero ir a la cárcel antes que callar. Alguna vez creí que por ser poeta e hijo de un poeta ilustre, podía permitirme cualquier extravagancia, pero tengo que crearme un personaje para poder permitirme lo que quiero. Quiero ser un loco desenfrenado que fuma y bebe sin parar, como un Bukowski español. Puede sonar ridículo, pero no voy a reír demasiado, nadie cree que los locos que se ríen mucho son inteligentes. Tengo que parecer agresivo para que me respeten. Debo elegir con cuidado a mis víctimas, a esos que quiero insultar y maldecir, preferiblemente mis editores, ellos me permiten ser un maleducado. Me haré adicto a la Coca-Cola para mezclarla con alcohol y así nadie se dará cuenta de que estoy borracho. Si llego a estar ebrio, diré que son los opiáceos que me recetaron. ¿Será suficiente? No, tengo que mearme en medio de la calle, bueno, no tan literal, me apoyaré en un árbol o a un muro y hablaré en verso…"

He vivido entre los arrabales, pareciendo
un mono, he vivido en la alcantarilla
transportando las heces,

he vivido dos años en el Pueblo de las Moscas
y aprendido a nutrirme de lo que suelto.
Fui una culebra deslizándose
por la ruina del hombre, gritando
aforismos en pie sobre los muertos,
atravesando mares de carne desconocida
con mis logaritmos.
Y sólo pude pensar que de niño me secuestraron
para una alucinante batalla
y que mis padres me sedujeron para
ejecutar el sacrilegio, entre ancianos y muertos...

Un enfermero pasa cerca, él levanta la vista del papel y, al verlo, llama:

—Oye, amigo, ¿me ayudas con esto? —pregunta Leopoldo mientras saca un cigarrillo del bolsillo de la camisa. El enfermero le alcanza un encendedor, él inhala profundo y retiene el humo por un momento antes de exhalar satisfecho.

—Gracias —murmura y cambia el cigarrillo de mano, vuelve a sumergirse en su universo, escribir y pensar...

He enseñado a moverse a las larvas
sobre los cuerpos, y a las mujeres a oír
cómo cantan los árboles al crepúsculo, y lloran.
Y los hombres manchaban mi cara con cieno, al hablar,
y decían con los ojos "fuera de la vida",
o bien "no hay nada que pueda
ser menos todavía que tu alma",
o bien "cómo te llamas"
y "qué oscuro es tu nombre".

"Tengo que adoptar un discurso oscuro, disparatado, al que puedan acceder los intelectuales, para que esos tontos crean que estoy loco. También hablaré siempre de la muerte y tal vez finja un par de intentos de suicidio. Mis banderas serán la razón de la existencia y la negación de las convicciones establecidas en el arte, la ética y la filosofía que rigen la sociedad."

He vivido los blancos de la vida,
sus equivocaciones, sus olvidos, su
torpeza incesante y recuerdo su
misterio brutal, y el tentáculo
suyo acariciarme el vientre
y las nalgas y los pies
frenéticos de huida.

"Algo como esto es bueno, aunque sé que podría escribir mejor poesía. Todo es una mierda. Las malditas medicinas me molestan y me desconcentran todo el tiempo. ¿Acaso no se dan cuenta de que soy un auténtico *beat*, conectado mentalmente con Allan y William, que ayudé a Jack a escribir *On the Road*? Únicamente tengo que enviarles un mensaje y vendrán en mi ayuda. Me gusta América, la tierra de los tornados. Disfruto de *El llanero solitario* y *El halcón*, de Dashiell Hammett, pero no me gusta Padura, el cubano. Lo mejor de *El hombre que amaba a los perros* fue la muerte de Trotsky. Si me matan, no me interesará saber por qué lo hacen. Lo que quiero es ver la cara de mi Mercader...".

Termina el cigarrillo, lo tira al suelo y lo aplasta con su zapato. Luego acerca el balón de oxígeno a su lado, abre la llave y se coloca la pequeña máscara, que cubre la nariz y la boca. Absorbe dos, tres veces y continúa. Piensa. "Seré blasfemo, bajarme los pantalones y mostrar mis miserias en público valdrá la pena. Pero sobre todo, debo escribir siempre con honestidad para pasar a la historia. De otra forma nada tendrá sentido. El caos es hermoso, es cierto que puede causar tormento, pero el misterio que lo rodea es emocionante".

—Vamos, señor Panero, va comenzar a llover, debemos entrar —dice el enfermero mientras se acerca al poeta con un auxiliar fornido a su lado.

—Espera, espera un momento que ya voy a terminar, es una obra importante —responde.

"Tengo que desafiar el mundo, ser incómodo... y ahora estos idiotas me desconcentran. Ellos son los asesinos de la poesía, siempre interrumpen en el momento crucial, mientras hablo conmigo en un discurso críptico con estructura sintáctica sumergida...".

—¿Y quién es ese viejito? —pregunta el fornido en voz baja al enfermero.

—Es un poeta genial, lleva muchos años con nosotros en la clínica. Él mismo se recluyó, se creó un personaje, un poeta loco, para evadir responsabilidades sociales y poder mandar a todo el mundo al carajo, evitar leyes y hacer atrocidades sin que se le pueda acusar. Pero según los psiquiatras, el mismo enclaustramiento y los años de fingir y repetirse que es un ser irreal, lo hicieron real. Ahora él es su propio personaje, y cada cierto tiempo deja de escribir poesía y actualiza el mismo alegato para seguir en su papel. De cualquier manera, es un genio rebelde, un poeta maldito.

He vivido su tentación, y he vivido el pecado
del que nadie cabe nunca nos absuelva.

Leopoldo María Panero sonríe. "Este poema es bueno, bueno de verdad, van a flipar todos...", se levanta, dirige una mirada sardónica a los dos hombres y señala la libreta.

—¡Nada! —dice, y agrega un rictus irónico a su boca—, aunque quieran, no pueden entender nadita de nada —y echa a andar mientras arrastra su balón de oxígeno.

Suicida

*No hay más que un problema filosófico verdaderamente serio,
y ese es el suicidio.*

ALBERT CAMUS

Suena un disparo y se sienten ruidos de sedas y pasos acelerados que se acercan. Se abre la puerta de la habitación y aparece Veronika Polonskaya en escena, la artista del Teatro de Arte de Moscú, de veintidós años que triunfa ahora. Se lleva la mano a la boca para contener el grito de sorpresa.

Un denso humo flota sin disiparse en el aire. La imagen es surreal: el hombre está caído en el sillón, con la boca entreabierta y los labios palpitantes, mientras se le escapa la vida en el aliento.

En el bolsillo izquierdo de la camisa blanca hay un agujero de tres centímetros por donde mana sangre rojísima, en contraste con el color suave y audaz verde salvia de la pajarita atada al cuello, y el exótico amarillo mostaza en la manta que cubre el sillón donde reposa el cuerpo.

Una explosión de colores danza en la habitación, absorbe todo el rojo que se desliza con gracia gravitacional hacia el piso, y forma un círculo cada vez más grande, casi perfecto, cerrado a todo lo porvenir.

La mano izquierda tiembla, la derecha está aferrada a la pistola humeante, y descansa sobre su miembro nunca más viril. La joven alcanza a ver sus ojos, la última mirada, ve cómo los vasos sanguíneos oculares diseminan el rojo en el blanco, como un atardecer en Moscú.

La pistola Máuser calibre 7.65, No. 312045, detuvo el bombeo volcánico del corazón poético de Maiakovski, y Vera Polonskaya aparenta sorpresa por lo que sucede. Recuerda las imágenes de la ardiente discusión que sostuvieron hace un breve instante, en el que la casa azul del barrio de Lubianka se llenó de algarabía y bulla. Ella había comenzado su relación con el poeta, y trató de explicarle sus argumentos de por qué no debía separarse de su esposo. Se negó a acatar las órdenes de Vladimir, que exigía el rompimiento total con el hombre, para él poder continuar a su lado de manera oficial, sin esconderse; pero la actriz salió de la habitación unos minutos antes del disparo sin aceptar el reclamo. Se apresuraba para ir a un ensayo. "No fue la discusión", se asegura la actriz, que trata de evadir responsabilidad mientras camina hacia el teléfono. Todo había seguido un curso preparado para este final. La actriz cree saber bien quién haló el gatillo.

Provistos de amor nacemos todos / pero el trabajo, / el dinero, / y todo lo demás, / nos va secando el suelo del corazón, había escrito el poeta, y ahora su corazón fragmentado lo lanzaba a la cripta de reunión de los bardos suicidas. Sobre la mesa estaba la nota con caligrafía rápida: *No culpen a nadie por morir, y por favor, no chismeen. Al difunto no le gustó mucho esto. Mamá, hermanas y camaradas, perdonen que esta no es una forma, pero no tengo elección.* Ahí estaba el universo espiritual del hombre, su zona secreta y silenciosa.

Vera tiene el rostro desencajado, toma el teléfono y marca un número al que responde un silencio hueco.
—Camarada presidente, está hecho, acaba de dispararse al corazón —dice con la voz entrecortada.

El hombre al otro lado del teléfono cuelga y abre la última gaveta de su escritorio cerrado con llave, extrae de ella un único papel escrito de su puño con letras grandes, en el que se lee subrayado: ¡No mates tú a Maiakovski!.

Poética

El ignorante afirma, el sabio duda y reflexiona.

ARISTÓTELES

Lo tengo frente a mí con el pelo zanahoria y la barba corta. Me sorprende su aire señorial y el enorme parecido con el príncipe Harry.

—A ver, jovencita, ¿qué es eso tan importante que quieres saber para traerme hasta aquí a charlar contigo? ¿Te imaginas todo el tiempo que he recorrido para venir solo por un par de minutos?

No se ve viejo como en las imágenes y estatuas de época, sino joven, como en el fresco de Rafael *La escuela de Atenas*, de 1509, la pintura que se ha convertido en símbolo del Renacimiento y de la unión del arte, la filosofía y la ciencia. En ella aparece al lado de Platón, con un quitón de lino azul simple envuelto alrededor del cuerpo en caída típica sobre los tobillos, en los que están atadas las correas de unas sandalias o *pédilon* de piel...

En el café donde nos citamos todos lo miran, parece alguien recién salido de un circo o un carnaval, pero él se ve ecuánime, con la sensación de que las personas que están en control son seguras de sí mismas. Sus ojos llaman mi atención, esa mirada viva e inquieta de ave rapaz que espera el momento para lanzarse sobre su presa. El erudito filósofo y científico se nota jovial y con buen humor. Parece dispuesto a conversar conmigo. Yo, por supuesto, no puedo controlar el nerviosismo frente a la leyenda que ha influido, como pocos, el conocimiento occidental. Con más de trescientas obras escritas y desarrolladas, en diferentes ramas del saber, la ética, la lógica, la virtud, la política, la economía, la psicología, la geología, la biología, la astronomía, la física, la epistemología, la metafísica...

—Disculpe, maestro —le digo con voz entrecortada—, sé que mi tiempo con usted es limitado, así que iré al grano. En algún momento, usted se refirió a la poesía como más filosófica que la historia, porque nos dice lo que podría suceder, a diferencia de la historia que cuenta el pasado...

—Bueno —me interrumpe y levanta su mano en señal de pausa—, en realidad y a la altura de estos tiempos, ya sabemos que la poesía no es filosofía, aunque en la mayoría de los casos de poetas excepcionales, ellos siempre filosofan en la búsqueda de la universalidad. Tampoco es historia, porque cada vez creemos menos en la historia, ya que cada uno la escribe según el grupo al que pertenece y cambia o varía todo el tiempo. La poesía ha demostrado confianza a la hora de investigar la historia más que la historia misma. Los poetas de hoy son más creíbles y siempre dicen que hablan con la verdad.
    —No todos, maestro, muchos se apresuran a publicar en Internet y hay mucha basura...
    —Sí, pero yo te hablo del poeta, ese ser contemplativo y pensador que se detiene a observar el discurrir

del tiempo en soledad y logra descifrar los misterios y secretos que cada era trae consigo.

Es un privilegio escucharlo, aunque es difícil el intercambio frente a un hombre que habló y escribió las primeras palabras también sobre la vida y sus rumbos, aunque poco se sabe sobre su vida. De todas formas, no seré yo quien indague en temas íntimos o personales. Haberme concedido estos minutos es un lujo inmenso, y debo ir directo al tema que me interesa: la poesía.

—Entonces...

—La poesía no es historia, pero sí histórica —vuelve a interrumpirme, pero me sorprende que también adivine lo que voy a preguntar—. Puede ser material de referencia de una época que usa y cuenta algo mediante la mezcla de la emoción del tiempo descrito. No es filosofía, pero sí filosófica. Su intención y logro, en los buenos casos, es la universalidad. Creo que eso lo dejé claro en mi libro *Poética,* que escribí en el año 323 antes de Cristo, y que según veo, ustedes hasta hoy no han ido mucho más allá de lo que digo en él.

—Perdón, pero por lo que dice, escribir poesía en un porciento alto, es un acto mimético...

— Sí, y me he cansado de repetirlo. La poesía surge porque el hombre imita la realidad, pero también porque existen el ritmo, la cadencia y la armonía, causas para que el sentimiento se convierta en arte, en poesía. Si has estudiado bien, recuerda que en mi época todo se escribía en verso, incluso los textos científicos. Por eso todos nos creíamos poetas.

—Maestro, es que me siento frustrada por los tiempos que corren.

El gran polímata sonríe irónico, se acaricia la barba y, luego, tamborilea un instante en la mesa con sus dedos.

—Platón me tiró de las orejas varias veces por escucharme decir que era poeta. Él tenía claro los conceptos aunque no se detuviera mucho en ellos. "No, hijo mío, no es lo mismo escribir ciencia que escribir poesía", me decía. "Por eso, crearé la segmentación y entregaré a cada uno su lugar". Pero ya todo eso está escrito, no veo la necesidad de traerme aquí.

—Es que yo no tengo un Platón que tire de mis orejas y responda preguntas filosóficas sobre mi poesía. No tengo una influencia palpable a la que acudir y a veces necesito...

—No hay influencia sempiterna —tampoco solución con sus interrupciones, me doy por vencida— porque la vida cambia en diferentes ciclos constantes. Recuerdo cómo Lope de Vega tiró por tierra mi doctrina de las tres unidades, y luego los románticos descartaron mi tesis sobre mimesis en el arte. No creo que yo pueda servirte de mucho. Ya cada época trae consigo nuevas corrientes, y ningún tiempo es mejor que el tuyo. Tienes este momento único, debes disfrutarlo y también sufrirlo. Son las dos maneras de admitir quién eres.

Se levanta de la silla sin esperar para responder mis preguntas, y me apunta con su dedo índice.

—Sobre la poesía, no te atormentes. Si ella te elige, serás poeta. Si no, como dicen ahora, "ni aunque te pongas".

Rápida me pongo de pie, me falta mucho por preguntar y el ego del genio me ha interrumpido una y otra vez. Le lanzo una última pregunta que abarca varios temas, espero engañarlo para que se siente de nuevo y seguir la charla menos verbosa y más al grano.

—Maestro, por favor, no he terminado con lo más importante. Espere un segundo, por favor, ¿qué hago ahora con mi obsesión por deconstruir la realidad y no solo imitarla?, ¿qué hago con el metaverso y la inteligencia artificial?

El genio se detiene cerca de la puerta, da vuelta y me mira con el ceño fruncido en interrogación y los brazos abiertos.

—¿Y qué carajo es eso?

Tres monedas

a Germán

De las miserias suele ser alivio una compañía.

MIGUEL DE CERVANTES

La batalla había terminado y los hombres estaban exhaustos. No se podía definir cuál era el ejército vencedor porque miles de cadáveres flotaban en uno y otro lado de las ensangrentadas aguas del estrecho. No obstante, en la historia quedó escrito que los cristianos habían celebrado la primera y decisiva gran victoria sobre los otomanos.

Tres hombres desmontaron de sus caballos y entraron a una fonda donde otros ya ocupaban las mesas. En el recinto se escuchaba el murmullo creciente que provoca el alcohol y una abulia generalizada florecía en los rostros agotados. Ellos también bebieron una tras otra, jarras de cerveza espumosa y densa que nublaron sus sentidos.

A Miguel le quedaban unos minutos de lucidez, miró a su alrededor hasta que distinguió una silueta femenina y hacia ella se dirigió. "Necesito cobijo esta noche". Ella levantó la vista de la mesa que trapeaba y se detuvo para lanzar una mirada rápida al sujeto; era gallardo, con los ojos oscuros llenos de batallas y cansancio, la barba copiosa enmarañada y la piel cetrina. La imagen de la depauperación del hombre produjo en ella un sentimiento compasivo, le sonrió e hizo un ademán para tomarlo de la mano y conducirlo a un aposento. El leve contacto provocó un rictus de dolor en el rostro de Miguel, que contrajo el cuerpo y retiró el brazo. "Lo siento", dijo ella, y le abrazó por la cintura, ayudándolo a subir la escalera de madera. El cuarto era austero, un camastro de hierro añejo, una pequeña mesa de madera y, en una esquina, la bacinilla.

Miguel se sentó en la cama y rompió en un llanto ahogado y profundo como el mar de donde había salido, lloraba silencioso por los muertos dejados atrás, y por el trozo de vida que se le escapaba por su brazo envuelto en un trapo muñido y ensangrentado.

Ella lo bañó con suavidad, lenta y atenta limpió con delicadeza las heridas. Lo acostó. También se desnudó y, metiéndose en la cama, le dio calor con su cuerpo hasta que se apagaron las convulsiones y los sollozos.

Al amanecer, Miguel miró a la mujer que dormía a su lado con la boca entreabierta y la respiración arrítmica; era muy poco agraciada, con la dentadura irregular y negra por el tabaco conseguido de contrabando. Su aspecto mal cuidado reflejaba las marcas del alcohol y las malas noches, pero él sintió la recuperación de su cuerpo y, al recordar el baño edificante, se estremeció. Se vistió sin prisa, disfrutó en la memoria el descanso nocturno, colocó tres monedas de oro sobre la mesa de madera y bajó.

Sus hombres ya lo esperaban sentados en la barra, a una señal suya, salieron. Los caballos partieron sin premura, como si adivinaran el camino. De pronto Miguel se percató de que ni siquiera sabía el nombre de la hembra tan dulce que lo había cuidado. Haló las riendas de la bestia y la detuvo, sacó de la alforja su diario y apoyándose en la montura preguntó:

—¿Alguno de vosotros recordáis el nombre de la hospedería que acabamos de dejar atrás?

Uno de los soldados adelantó el animal hasta llegar a su diestra.

—El Toboso, mi capitán, se llama El Toboso.

Índice

Ediciones Furtivas
Colección Aldaba

Primavera 2023

Made in the USA
Columbia, SC
21 February 2024

32094562R00043